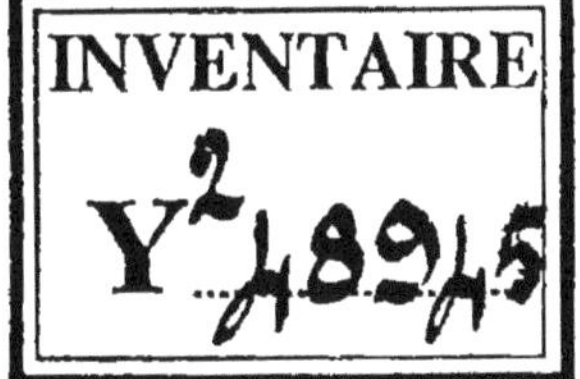

LETTRES

DE

MISTRISS HENLEY,

PUBLIÉES

PAR SON AMIE.

J'ai vu beaucoup d'hymens, &c.
LA FONTAINE.

GENEVE.

1784.

LETTRES

D E

MISTRISS HENLEY,

Publiées par son Amie.

PREMIERE LETTRE.

Quel aimable & cruel petit livre que celui qui nous est arrivé de votre pays il y a quelques semaines ! Pourquoi ne m'en avez-vous rien dit, ma chère amie, dans votre dernière lettre ? Il est impossible qu'il n'ait pas fait sensation chez vous : on vient de le traduire, & je suis sûre que le *sentimental Husband* va être entre les mains de tout le monde. Je l'avois lu en françois, & il m'avoit tourmentée. Ces jours paſſés je l'ai lu en anglois à mon mari. Ma chère amie, ce livre, ſi inſtructif en apparence, fera faire bien des injuſtices : les Dames Bompré ne s'y reconnoîtront pas, ou ne s'en embarraſſeront guère ; & leurs maris pourront ſe caſſer la tête, comme ſi jamais il n'avoit été écrit. Les femmes qui reſſemblent peu à Mad. Bompré, & qui ſont pourtant des femmes, s'en tourmenteront, & leurs maris...... En liſant ſeule l'hiſtoire du portrait, les meubles changés, le pauvre *Hector*, je me ſuis ſouvenue douloureuſement d'un portrait, d'un meuble, d'un chien : mais le portrait n'étoit pas de mon beau-père, le chien eſt plein de vie, & mon mari s'en ſoucie aſſez peu ; &

pour l'ameublement de ma chambre, il me fembloit qu'il devoit être convena‑ble pour moi, & non felon le goût de mes grand'mères. Quand j'ai lu tout cela à mon mari, au lieu de fentir en‑core mieux que moi ces différences, comme je m'en étois flattée en com‑mençant la lecture, ou de ne point fentir du tout cette manière de reffem‑blance, je l'ai vu tantôt fourire, tantôt foupirer; il a dit quelques mots, il a careffé fon chien & regardé l'ancienne place du portrait. Ma chère amie, ils fe croiront tous des Meffieurs Bompré, & feront furpris d'avoir pu fupporter fi patiemment la vie. Cet homme-là eut grand tort, après tout, de fe marier. Son bonheur, tout fon fort, étoit trop éta‑bli; fa femme n'avoit rien à faire qu'à partager des fenfations qui lui étoient nouvelles & étrangères ; elle n'avoit point de Nanon, point d'Antoine, point d'Hector, point de voifins à rendre heureux, point de liaifons, point d'habitudes ; il n'y avoit pas là de quoi occuper une exiftence. Je lui pardonnerois fes livres, fes romans, fon ennui, fans la dureté de cœur, l'efprit faux & la fin finiftre que tout cela occafionne. En vérité, ma chère amie, je croirois en la condamnant prononcer ma propre condamnation. Moi auffi je ne fuis point heureufe, auffi peu heureufe que le Mari fentimental, quoique je ne lui reffemble point, & que mon mari ne reffemble point à fa femme ; il eft même, finon auffi tendre, auffi communicatif, du moins auffi calme & auffi doux que cet excellent mari. Voulez-vous, ma chère amie, que je vous faffe l'hiftoire de mon mariage, du tems qui l'a précédé, & que je vous peigne ma vie telle qu'elle eft aujourd'hui ? Je vous dirai des chofes que vous favez déjà,

pour que vous entendiez mieux , ou
plutôt pour pouvoir plus facilement
vous dire celles que vous ignorez. Vous
dirai-je la penfée qui me vient ? Si ma
lettre ou mes lettres ont quelque juf-
teffe & vous paroiffent propres à exciter
quelque intérêt , feulement affez pour
fe faire lire , traduifez-les en changeant
les noms, en omettant ce qui vous pa-
roîtra ennuyeux ou inutile. Je crois que
beaucoup de femmes font dans le même
cas que moi. Je voudrois, finon corriger,
du moins avertir les maris ; je voudrois
remettre les chofes à leur place , & que
chacun fe rendît juftice. Je me fais bien
un léger fcrupule de mon projet ; mais
il eft léger. Je n'ai point de plaintes
graves à faire : on ne reconnoîtra pas
M. Henley ; il ne lira jamais , fans doute,
ce que j'aurai écrit; & quand il le liroit,
quand il s'y reconnoîtroit ! . . . .
commençons.

Orpheline de bonne heure, & presque sans fortune, j'ai été élevée comme celles qui en ont le plus, & avec une tendresse que l'amour maternel ne pourroit surpasser. Ma tante, Lady Alesford, ayant perdu sa fille unique, me donna sa place auprès d'elle, & à force de me caresser & de me faire du bien, elle m'aima comme si j'eusse été sa fille. Son mari avoit un neveu qui devoit hériter de son bien & de son titre : je lui fus destinée. Il étoit aimable, nous étions de même âge, nous fûmes élevés dans l'idée que nous serions l'un à l'autre. Cette idée plaisoit à tous deux ; nous nous aimions sans inquiétude. Son oncle mourut. Ce changement dans sa fortune ne changea point son cœur ; mais on le mena voyager. A Venise il auroit encore été le Lord John de Roufseau ; il auroit déchiré les manchettes de la Marquise : mais, à Florence, mon

image fut effacée par des charmes plus
féduifans. Il paffa quelque tems à Na-
ples, & l'année fuivante il mourut à
Paris. Je ne vous dirai point tout ce
que je fouffris alors, tout ce que j'avois
déjà fouffert pendant plufieurs mois.
Vous vites à Montpellier les traces que
le chagrin avoit laiflées dans mon humeur, & l'effet qu'il avoit eu fur ma
fanté. Ma tante n'étoit guère moins
affligée que moi. Quinze ans d'efpérances, quinze ans de foins donnés à un
projet favori, tout étoit évanouï, tout
étoit perdu. Pour moi je perdois tout
ce qu'une femme peut perdre. A vingt
ans notre cœur nous laiffe entrevoir des
reffources, & je retournai en Angle-
terre un peu moins malheureufe que je
n'en étois partie. Mes voyages m'avoient
formée & enhardie ; je parlois françois
plus facilement, je chantois mieux ; on
m'admira. Je reçus des hommages, &

rout ce qui m'en revint fut d'exciter l'envie. Une attention curieuſe & critique me pourſuivit dans mes moindres actions, & le blâme des femmes s'attacha à moi. Je n'aimai point ceux qui m'aimèrent ; je refuſai un homme riche ſans naiſſance & ſans éducation ; je refuſai un ſeigneur uſé & endetté ; je refuſai un jeune homme en qui la ſuffiſance le diſputoit à la ſtupidité. On me trouva dédaigneuſe ; mes anciennes amies ſe moquèrent de moi : le monde me devint odieux : ma tante, ſans me blâmer, m'avertit pluſieurs fois que les 3000 pièces qu'on lui payoit par an finiroient avec elle, & qu'elle n'en avoit pas 3000 de capital à me laiſſer. Telle étoit ma ſituation, il y a un an, quand nous allâmes paſſer les fêtes de Noël chez miladi Waltham. J'avois vingt-cinq ans ; mon cœur étoit triſte & vuide. Je commençois à maudire des goûts &

des talens qui ne m'avoient donné que des efpérances vaines, des délicateffes malheureufes, des prétentions à un bonheur qui ne fe réalifoit point. Il y avoit deux hommes dans cette maifon. L'un, âgé de quarante ans, venoit des Indes avec une fortune confidérable. Il n'y avoit rien de grave à fa charge fur les moyens qui la lui avoient acqui-fe, mais fa réputation n'étoit pas non plus refplendiffante de délicateffe & de défintéreffement ; & dans les converfa-tions que l'on eut fur les richeffes & les riches de ce pays-là, il évitoit les détails. C'étoit un bel homme ; il étoit noble dans fes manières & dans fa dé-penfe ; il aimoit la bonne chère, les arts & les plaifirs : je lui plûs ; il parla à ma tante ; il offrit un douaire confi-dérable, la propriété d'une belle mai-fon qu'il venoit d'acheter à Londres, & trois cents guinées par an pour mes

épingles. L'autre homme à marier étoit
le second fils du comte de Reding, âgé
de trente-cinq ans, veuf depuis quatre
d'une femme qui lui a laissé beaucoup
de biens, & père d'une fille de cinq
ans, d'une angélique beauté. Il est lui-
même de la plus noble figure, il est
grand, il a la taille déliée, les yeux
bleus les plus doux, les plus belles
dents, le plus doux sourire : voilà, ma
chère amie, ce qu'il est ou ce qu'il me
parut alors. Je trouvai que tout ce qu'il
disoit répondoit à cet extérieur si agréable. Il m'entretint souvent de la vie qu'il
menoit à la campagne, du plaisir qu'il
y auroit à partager cette belle solitude
avec une compagne aimable & sensible,
d'un esprit droit & remplie de talens.
Il me parla de sa fille & du désir qu'il
avoit de lui donner, non une gouver-
nante, non une belle-mère, mais une
mère. A la fin il parla plus clairement

encore, & la veille de notre départ il
fit pour moi à ma tante les offres les
plus généreuses. J'étois, sinon passion-
née, du moins fort touchée. Revenue
à Londres, ma tante prit des informa-
tions sur mes deux prétendans ; elle
n'apprit rien de fâcheux sur le premier,
mais elle apprit les choses les plus avan-
tageuses sur l'autre. De la raison, de
l'instruction, de l'équité, une égalité
d'ame parfaite ; voilà ce que toutes les
voix accordoient à M. Henley. Je sentis
qu'il falloit choisir, & vous pensez bien,
ma chère amie, que je ne me permis
presque pas d'hésiter. C'étoit, pour
ainsi dire, la partie vile de mon cœur
qui préféroit les richesses de l'Orient,
Londres, une liberté plus entière, une
opulence plus brillante ; la partie noble
dédaignoit tout cela, & se pénétroit
des douceurs d'une félicité toute rai-

sonnable, toute sublime, & telle que les anges devoient y applaudir. Si un père tyrannique m'eût obligée à époufer le Nabab, je me ferois fait peut-être un devoir d'obéir ; & m'étourdiffant fur l'origine de ma fortune par l'ufage que je me ferois promis d'en faire, *les bé-nédictions des indigens d'Europe détourne-ront*, me ferois-je dit, *les malédictions de l'Inde*. En un mot, forcée de devenir heureufe d'une manière vulgaire, je le ferois devenue fans honte & peut-être avec plaifir ; mais me donner moi-même de mon choix, contre des dia-mans, des perles, des tapis, des par-fums, des mouffelines brodées d'or, des foupés, des fêtes, je ne pouvois m'y réfoudre, & je promis ma main à M. Henley. Nos noces furent charman-tes. Spirituel, élégant, décent, délicat, affectueux, M. Henley enchantoit tout

lé monde ; c'étoit un mari de roman ,
il me fembloit quelquefois un peu trop
parfait ; mes fantaifies , mes humeurs ,
mes impatiences trouvoient toujours fa
raifon & fa modération en leur chemin.
J'eus , par exemple , au fujet de ma
préfentation , des joies & des chagrins
qu'il ne parut pas comprendre. Je me
flattois que la fociété d'un homme que
j'admirois tant , me rendroit comme
lui ; & je partis pour fa terre au com-
mencement du printems , remplie des
meilleures intentions , & perfuadée que
j'allois être la meilleure femme , la plus
tendre belle-mère , la plus digne maîtreffe de maifon que l'on eût jamais
vue. Quelquefois je me propofois pour
modèle les matrones romaines les plus
refpe&ables , d'autres fois les femmes
de nos anciens Barons fous le gouver-
nement féodal ; d'autres fois je me

voyois errante dans la campagne , fimple comme les bergères , douce comme
leurs agneaux , & gaie comme les oi-
feaux que j'entendrois chanter. Mais
voici, ma chère amie , une affez longue lettre , je reprendrai la plume au
premier jour.

SECONDE LETTRE.

Nous arrivâmes à *Hollowpark* ; c'eft une ancienne, belle & noble maifon que la mère de M. Henley, héritière de la famille d'Aftley, lui a léguée. Je trouvai tout bien. Je m'attendris en voyant des domeftiques à cheveux blancs courir au-devant de leur aimable maître, & bénir leur nouvelle maîtreffe. On m'amena l'enfant ; quelles careffes ne lui fis-je pas ! mon cœur lui promit les foins les plus affidus, l'attachement le plus tendre. Je paffai tout le refte de ce jour dans une efpèce de délire ; le lendemain je parai l'enfant des parures que j'avois apportées pour elle de Lon-dres, & je la préfentai à fon père, que je comptois furprendre agréablement. *Votre intention eft charmante*, me dit-il, mais c'eſt un goût que je ne voudrois pas lui inſpirer ; je craindrois que ces ſouliers ſi jolis ne l'empêchaſſent de courir à ſon aiſe ; des fleurs artificielles contraſtent déſagréablement avec la ſimplicité de la campagne. *Vous avez raiſon, Monſieur,* lui dis-je, *j'ai eu tort de lui mettre tout cela, & je ne ſais comment le lui ôter ; j'ai voulu me l'attacher par des moyens puériles, & je n'ai fait que lui préparer un petit chagrin & à moi une mortification.* Heureuſement les ſouliers furent bientôt gâtés, le médaillon ſe perdit, les fleurs du chapeau s'accrochèrent aux brouſſailles & y reſtèrent ; & j'amuſai l'enfant avec tant de ſoin qu'elle n'eut pas le loiſir de regretter ſes pertes. Elle ſavoit lire en françois comme en anglois ; je voulus lui faire apprendre les fables de La Fontaine. Elle récita un jour à ſon père *le Chêne & le Roſeau* avec une grace charmante. Je difois tout bas les mots avant elle ; le cœur me battoit, j'étois rouge de plaifir. *Elle récite à merveille*, dit M. Henley ; *mais comprend-elle ce qu'elle dit ? il vaudroit mieux peut-être mettre dans fa tête des vérités avant d'y mettre des fictions : l'hiftoire, la géographie.* . . . . *Vous avez raifon, Monfieur*, lui dis-je ; *mais fa Bonne pourra lui apprendre, tout auffi bien que moi, que Paris eft fur la Seine, & Lisbonne fur le Tage. Pourquoi cette impatience ?* reprit doucement M. Henley, *apprenez-lui les fables de La Fontaine, fi cela vous amufe ; au fond il n'y aura pas grand mal. Non*, dis-je vivement, *ce n'eft pas mon enfant, c'eft le vôtre. Mais, ma très-chère, j'efpérois....* Je ne répondis rien, & m'en allai en pleurant. J'avois tort, je le fais bien ; c'étoit moi qui avoit tort. Je revins quelque tems après, & M.

Henley eut l'air de ne pas même fe
fouvenir de mon impatience. L'enfant
dandinoit & bâilloit près de lui fans
qu'il y prît garde. Quelques jours après
je voulus établir une leçon d'hiftoire
& de géographie ; elle ennuya bientôt
la maîtreffe & l'écolière. Son père la
trouvoit trop jeune pour apprendre la
mufique, & mettoit en doute fi cette
efpèce de talent ne donnoit pas plus de
prétentions que de jouiffances. La petite fille, ne faifant plus auprès de moi
que baguenauder ennuyeufement &
fuivre mes mouvemens d'un air tantôt
ftupide, tantôt curieux, me devint im-
portune ; je la bannis prefque de ma
chambre. Elle s'étoit défaccoutumée
de fa Bonne. La pauvre enfant eft cer-
tainement moins heureufe & plus mal
élevée qu'avant que je vinffe ici. Sans
la rougeole qu'elle a eue derniérement
& que j'ai prife en la fervant nuit &

jour, je ne faurois pas que cet enfant m'intéreffe plus que l'enfant d'une inconnue. Quant aux domeftiques, pas un d'eux n'a eu à fe plaindre de moi ; mais mon élégante femme-de-chambre a donné dans les yeux à un fermier du voifinage, qui aimoit auparavant la fille d'une ancienne & excellente ménagère, fœur de lait de la mère de mon mari. Peggy défolée & la mère outrée de cet affront, ont quitté la maifon quoiqu'on ait pu leur dire. Je fupplée tant que je peux à cette perte, aidée de ma femme-de-chambre, qui eft d'un bon caractère, fans quoi je l'aurois renvoyée fur-le-champ ; mais toute la maifon regrette l'ancienne femme de charge, & moi auffi je la regrette & les excellentes confitures qu'elle faifoit.

J'avois amené de Londres un fuperbe angola blanc. M. Henley ne le trouvoit pas plus beau qu'un autre chat, &

il plaifantoit fouvent fur l'empire de
la mode qui fait le fort des animaux,
leur attire des admirations outrées &
des dédains humilians, comme à nos
robes & nos coëffures. Il careffoit pourtant l'angola, car il eft bon & il ne
refufe à aucun être doué de fenfibilité
une petite marque de la fienne. — Mais
ce n'étoit pas précifément l'hiftoire de
mon angola que je voulois vous faire.
Ma chambre étoit tapiffée par bandes.
Du velours verd bien fombre, féparoit
des morceaux de tapifferie faite à l'ai-
guille par l'aïeule de M. Henley. De
grands fauteuils fort incommodes à re-
muer, fort bons pour dormir, brodés
de la même main, encadrés du même
velours faifoient, avec un canapé bien
dur, l'ameublement de ma chambre.
Mon angola fe couchoit fans refpect
fur les vieux fauteuils, & s'accrochoit à
cette antique broderie. M. Henley l'a-

voit poſé doucement à terre pluſieurs fois. Il y a ſix mois que prêt à aller à la chaſſe & venant me ſaluer dans ma chambre, il voit mon chat dormant ſur un fauteuil; *ah*! dit M. Henley, *que diroit ma grand'mère, que diroit ma mère, ſi elles voyoient.... elles diroient ſans doute*, repris-je vivement, *que je dois me ſervir de mes meubles à ma guiſe comme elles ſe ſervoient des leurs, que je ne dois pas être une étrangère juſque dans ma chambre ; & depuis le temps que je me plains de ces peſans fauteuils & de cette ſombre tapiſſerie, elles vous auroient prié de me donner d'autres chaiſes & une autre tenture.* Donner! *ma très-chère vie*! répondit M. Henley, *donne-t-on à ſoi-même ? la moitié de ſoi-même donne-t-elle à l'autre? n'êtes-vous pas la maîtreſſe? autrefois on trouvoit ceci fort beau....* Oui, *autre-fois*, ai-je repliqué ; *mais je vis à préſent.*

Ma première femme, reprit M. Henley, *aimoit cet ameublement. Ah ! mon Dieu*, me suis-je écriée, *que ne vit-elle encore ! Et tout cela pour un chat auquel je ne fais aucun mal ?* a dit M. Henley d'un air doux & triste, d'un air de ré-signation, & il s'en alloit : *Non*, lui ai-je crié, *ce n'est pas le chat* ; mais il étoit déjà bien loin, & un moment après je l'ai entendu dans la cour don-nant tranquillement ses ordres en mon-tant sur son cheval. Ce sang froid a achevé de me mettre hors de moi: j'ai sonné. Il m'avoit dit que j'étois la maî-tresse ; j'ai fait porter les fauteuils dans le sallon , le canapé dans un garde-meuble. J'ai ordonné à un laquais de dépendre le portrait de la première Mad. Henley , qui étoit en face de de mon lit : *Mais, Madame !* a dit le laquais, — *Obéissez ou sortez*, lui ai-je répondu. Il croyoit sans doute & vous

aussi

auſſi que j'avois de l'humeur contre le portrait : non, en vérité, je ne crois pas en avoir eu ; mais il tenoit à la tapiſſerie, & voulant la faire ôter, il falloit commencer par le portrait. La tapiſſerie a ſuivi ; elle ne tenoit qu'à des crochets. Je l'ai fait nettoyer & rouler proprement. J'ai fait mettre des chaiſes de paille dans ma chambre, & arrangé moi-même un couſſin pour mon angola ; mais le pauvre animal n'a pas jouï de mes ſoins : effarouché par tout ce vacarme, il avoit fui dans le parc, & on ne l'a pas revu. M. Henley, revenu de la chaſſe, vit avec ſurpriſe le portrait de ſa femme dans la ſalle à manger. Il monta dans ma chambre ſans me rien dire, & écrivit à Londres pour qu'on m'envoyât le plus beau papier des Indes, les chaiſes les plus élégantes & de la mouſſeline brodée pour les rideaux. Ai-je eu tort, ma chère amie, autrement que par la forme ? l'ancienneté est-elle un mérite plus que la nouveauté ? & les gens qui paſſent pour raiſonnables, font-ils autre choſe le plus ſouvent qu'oppoſer gravement leurs préjugés & leurs goûts à des préjugés & à des goûts plus vivement exprimés ? L'hiſtoire du chien ne mérite pas d'être racontée : j'ai été obligée de le faire ſortir ſi ſouvent de la ſalle à manger pendant les repas, qu'il n'y revient plus, & dîne à la cuiſine. L'article des parens eſt plus ſérieux. Il y en a que je reçois de mon mieux, parce qu'ils ſont peu aiſés ; mais je bâille auprès d'eux, & ne vais jamais les voir de mon propre mouvement, parce qu'ils ſont les plus ennuyeuſes gens du monde. Quand M. Henley me dit tout ſimplement : Allons voir ma couſine une telle. Je vais : je ſuis en carroſſe ou à cheval avec lui ; cela ne peut m'être déſagréable. Mais s'il vient à me dire : Ma coufine eft une bonne femme. Je dis non ; elle eft épilogueufe , envieufe , pointilleufe. S'il dit que Monfieur un tel fon coufin eft un galant-homme, dont il fait cas. Je réponds que c'eft un groffier ivrogne : je dis vrai ; mais j'ai tort, car je lui fais de la peine. Je fuis très-bien avec mon beau - père ; il a médiocrement d'efprit & beaucoup de bonhommie. Je lui brode des veftes, je lui joue du claveffin ; mais Ladi Sara Melvil ma belle-fœur, qui demeure chez lui tout l'été, eft avec moi d'une hauteur qui me rend ce château infupportable, & je n'y vais que bien rarement. Si M. Henley me difoit : « Supportez ces » hauteurs pour l'amour de moi, je » vous en aimerai davantage : je les » fens pour vous comme vous-même ; » mais j'aime mon père, j'aime mon » frère : votre froideur les féparera in-

» fenfiblement de moi, & vous ferez
» fâchée, vous-même, de la diminution
» de bonheur, de fentimens doux &
» naturels que vous aurez occafionnée».
Je dirois infailliblement ; je dirois :
« Vous avez raifon, M. Henley, je
» fens déja, j'ai fouvent fenti le regret
» que vous m'annoncez ; il ira en aug-
» mentant, il m'afflige & m'affligera
» plus que je ne puis le dire ; allons,
» chez Milord, un regard affectueux de
» vous me fera plus de plaifir que tous
» les ridicules dédains de Ladi Sara ne
» pourroient me faire de peine ». Mais,
au lieu de cela, M. Henley n'a rien
vu, ne peut fe rappeler.... « A préfent
» que vous le dites, ma chère, je crois
» me fouvenir confufément...... mais
» quand cela feroit, qu'importe ! Com-
» ment une perfonne raifonnable peut-
» elle s'affecter..... & puis Ladi Sara
» n'eft-elle pas excufable ? fille d'un

» Duc , femme du chef futur de notre
» famille »…. Ma chère amie , des
coups de poing me feroient moins fâcheux que toute cette raifon. Je fuis
malheureufe , je m'ennuie ; je n'ai point
apporté de bonheur ici , je n'en ai point
trouvé ; j'ai caufé du dérangement , &
ne me fuis point arrangée ; je déplore
mes torts , mais on ne me donne aucun
moyen de mieux faire ; je fuis feule ,
perfonne ne fent avec moi ; je fuis d'autant plus malheureufe qu'il n'y a rien à
quoi je puiffe m'en prendre , que je n'ai
aucun changement à demander , aucun
reproche à faire , que je me blâme &
me méprife d'être malheureufe. Chacun
admire M. Henley , & me félicite de
mon bonheur ; je réponds : « C'eft vrai,
» vous avez raifon…. Quelle différence
» avec les autres hommes de fon rang,
» de fon âge ! quelle différence entre
» mon fort & celui de Madame une

»telle, de Miladi une telle ». Je le dis, je le pense, & mon cœur ne le sent point ; il se gonfle ou se serre, & souvent je me retire pour pleurer en liberté. A présent même des larmes, dont je comprends à peine la source, se mêlent avec mon encre sur ce papier. Adieu, ma chère amie, je ne tarderai pas à vous écrire.

P. S. En relisant ma Lettre, j'ai trouvé que j'avois eu plus de tort que je ne l'avois cru. Je ferai remettre le portrait de la première mad. Henley en son ancienne place. Si M. Henley trouve qu'il soit mieux dans la salle à manger, où il est effectivement mieux dans son jour, il n'y aura qu'à l'y reporter ; je vais appeler le même laquais qui l'a ôté d'ici. Quand il aura replacé le portrait, je lui dirai de faire mettre les chevaux au carroſſe, & j'irai voir mon beau-père. Il n'y aura qu'à me dire à moi-même, de la part de M. Henley, ce que je voudrois qu'il m'eût dit, & je ſupporterai Ladi Sara Melvil.

TROISIEME LETTRE.

Vous avez raifon, ma chère amie, ce n'étoit pas à moi à me plaindre des injuftices que peut occafionner le *Mari Sentimental.* Cependant j'étois de bonne foi, & même, encore aujourd'hui, mes idées fur tout cela ne font pas bien nettes. Soit patience, foit indifférence, foit vertu ou tempérament, il me fem-ble que M. Henley ne s'étoit pas trouvé malheureux. Il avoit fenti, je n'en doute pas, chacun de mes torts ; mais comme il ne m'avoit point témoigné d'aigreur, comme il n'a point cherché non plus à prévenir de nouveaux torts par une conduite qui affociât davantage mon ame avec fon ame, mes plaifirs avec les fiens, j'ai eu lieu de croire qu'il

n'avoit rien conclu de tout cela. Il vivoit
& me jugeoit, pour ainſi dire, au jour
la journée, juſqu'à-ce que M. & Mad.
Bompré le ſoient venus rendre plus
content de lui & plus mécontent de
moi. J'ai eu bien du chagrin depuis ma
dernière Lettre. Un jour que je déplo-
rois mon peu de capacité pour les
ſoins du ménage, la lenteur de mes
progrès, & le haut & bas qu'il y avoit
dans mon zèle & dans mes efforts ſur
ce point, M. Henley fit, fort honnê-
tement pourtant & en ſouriant, l'énu-
mération des choſes qui alloient moins
bien depuis le départ de Miſtriſs Grace.
Eſſayons de la faire revenir, dis-je
auſſi-tôt; j'ai ouï dire que *Peggy étoit
placée à Londres, & que ſa mère ſe
trouvoit médiocrement bien avec cette
couſine chez qui elle s'eſt retirée. Vous
pouvez eſſayer*, a dit M. Henley, *je
crains que vous ne réuſſiſſiez pas; mais*

il n'y a point de mal à eſſayer. *Voulez-vous lui parler ?* lui ai-je dit, *la vue de ſon ancien maître & cette démarche empreſſée lui feront oublier tous ſes reſſentimens.* Je ne ſaurois, m'a-t-il répondu, j'ai des affaires ; mais, ſi vous voulez, j'envoierai. — Non, j'irai moi-même. J'ai demandé le carroſſe, & je ſuis allée ; c'eſt à quatre milles d'ici. Miſtriſs Grace étoit ſeule : elle a été très-ſurpriſe de me voir. A travers la froideur qu'elle auroit voulu mettre dans ſon accueil, je voyois de l'attendriſſement & une confuſion dont je ne pouvois deviner la cauſe. Je lui ai dit combien nous avions tous perdu à ſon départ, combien elle nous manquoit, combien elle étoit regrettée : *Voulez-vous revenir ?* lui ai-je dit, *vous ſerez reçue à bras ouverts, vous vous verrez reſpeᶜĭée & chérie. Pourquoi vous en prendre à nous tous de l'inconſtance d'un jeune homme qui né mérite pas les regrets de *Peggy*, puis-qu'il a pu l'abandonner ; peut-être elle-même l'a-t-elle oublié : j'ai appris qu'elle étoit placée à Londres.... Placée ! s'eſt écriée Miſtriſs Grace , en joignant les mains & levant les yeux au Ciel, *venez-vous ici , Madame , pour m'inſulter ?* Dieu m'en préſerve , me ſuis-je écriée à mon tour, *& je ne ſais ce que vous voulez dire.* Ah! Madame , a-t-elle repris après un long ſilence, *les maux ne ſe réparent pas auſſi vîte qu'ils ſe font , & votre Fanny , avec ſes dentel-les , ſes rubans & ſes airs de la ville , a préparé à ma Peggy & à ſa pauvre mère des chagrins qui ne finiront qu'avec nous.* Elle pleuroit amérement. Preſſée par mes careſſes & mes inſtances , elle m'a fait en ſanglottant l'hiſtoire de ſes douleurs. Peggy affligée de la perte de ſon amant, & s'ennuyant avec ſa mère & leur couſine , eſt partie ſans rien

dire : on l'a cherchée long-tems ; on
a cru qu'elle s'étoit noyée ; à la fin on
a appris qu'elle étoit à Londres , où sa
jeuneſſe & ſa fraîcheur l'ont fait ac-
cueillir dans une maiſon infâme. Vous
imaginez tout ce que la mère a pu
ajouter à cette triſte narration , tout ce
que j'ai pu dire , tout ce que j'ai dû ſentir. A la fin j'ai répété ma première pro-
poſition. Malgré mille objeĉtions natu-
relles & juſtes , & auxquelles je don-
nois toute leur force , j'ai engagé cette
pauvre femme à retourner avec moi à
Hollowpark. Perſonne , lui ai-je dit ,
*ne vous parlera de votre fille ; vous ne
verrez Fanny qu'après que vous m'aurez
dit que vous voulez bien la voir : venez ,
bonne Miſtriſs Grace , chercher des conſo-
lations , & finir vos jours dans une maiſon où votre jeuneſſe a été utile , & dont
je n'aurois pas dû vous laiſſer ſortir.* Je
l'ai miſe en carroſſe , ſans vouloir courir

le risque qu'en faisant ses paquets, de nouvelles réflexions l'empêchassent de venir. En chemin elle n'a cessé de pleurer, & je pleurois aussi. A cent pas de la maison je descendis de carrosse, & je dis au cocher de ne pas avancer qu'il n'en eût reçu l'ordre. Je rentrai donc seule ; je parlai à M. Henley, à l'enfant, à Fanny, aux autres domestiques. Ensuite j'allai chercher Mistriss Grace, &, lui donnant mes clefs, je la priai de rentrer en fonction tout de suite. Cinq ou six jours s'écoulèrent, Fanny m'obéissoit ponctuellement : elle mangeoit & travailloit dans sa chambre. Un jour que j'étois allée regarder son ouvrage, Mistriss Grace y vint, & après m'avoir remerciée de mes bontés, elle me pria de trouver bon qu'à l'avenir Fanny mangeât avec les autres, & vécût dans la maison comme auparavant. Fanny s'attendrit, & pleura sur Peggy

& sa mère. Pauvre Fanny ! son tour alloit venir. M. Henley me fit prier de descendre, & de l'amener avec moi. Nous trouvâmes auprès de lui, dans son cabinet, le père du jeune fermier. *Madame, me dit-il, je suis venu prier Monsieur & vous de donner à mon fils des recommandations pour les Indes ; c'est un pays où l'on devient riche, dit-on, en peu de temps ; il pourra y mener Mademoiselle, ou venir l'épouser quand il sera devenu un riche Monsieur. Ils feront comme ils l'entendront ; mais moi je ne recevrai jamais dans ma maison une fainéante & coquette poupée de la ville, outre que je croirois attirer sur moi la malédiction du Ciel en faisant entrer dans ma famille celle qui a causé, par son maudit manège, l'inconstance de mon fils & la ruine de cette pauvre Peggy. Mon fils fera ce qu'il voudra, Mademoiselle ; mais je déclare devant*

Dieu qu'il n'a plus de père ni de maison paternelle s'il vous revoit jamais. Fanny, pâle comme la mort, a voulu sortir ; mais, ses jambes pliant sous elle, elle s'est appuyée contre la porte. J'ai couru à elle aussi-tôt, & l'ai ramenée dans sa chambre. Nous avons rencontré Miftrifs Grace fur l'efcalier. *Votre fille eft vengée,* lui dit Fanny. *Seigneur qu'y a-t-il?* s'eft écriée Miftrifs Grace. Elle nous a fuivies : je lui ai dit ce qui s'étoit paffé ; elle nous a juré qu'elle n'avoit aucune part à cette démarche, & n'avoit pas même revu le fermier ni fon fils depuis fon départ de la maifon. Je les ai laiffées ; je fuis allée m'enfermer dans ma chambre : là j'ai déploré amérement le fort de ces deux filles, & tout le mal dont j'étois caufe ; enfuite j'ai écrit à ma tante que je lui renvoyois Fanny, & la priois de lui trouver une bonne place, foit auprès d'une Dame ou dans une boutique ; & après avoir fait dire au cocher d'atteler au plus vîte , je fuis retournée auprès de Fanny , & lui ai fait lire ma lettre. La pauvre fille a fondu en larmes ; *mais qu'ai-je fait ? m'a-t-elle* dit. *Rien , ma pauvre enfant , rien de condamnable ; mais il faut abfolument nous féparer. Je vous paierai vos gages jufqu'à la fin de l'année , j'y ajouterai plus d'argent & de hardes que dans ce moment vous n'en défirez d'une maîtreffe que vous trouvez injufte. J'écrirai à vos parens de m'envoyer votre jeune fœur ; mais il vous faut venir avec moi fur-le-champ , & que je vous mène à l'endroit où le coche paffe dans une heure ; Miftrifs Grace & moi aurons foin de tout ce que vous laiffez ici , & vous le recevrez dans deux jours.* Le carroffe étoit prêt ; j'y entrai avec elle , & nous arrivâmes, fans avoir prefque ouvert la bouche , à l'endroit que j'avois dit. J'y attendis le coche ; je la recommandai à ceux qui étoient dedans, & je revins plus triste qu'il n'est possible de le dire. « Voilà »donc, me disois-je, ce que je suis »venue faire ici ! J'ai occasionné la »perte d'une pauvre innocente fille ; j'en »ai rendu une autre malheureuse ; j'ai »brouillé un père avec son fils ; j'ai »rempli l'ame d'une mère d'amertume »& de honte ». En traversant le parc, je pleurai mon angola ; en rentrant dans ma chambre, je pleurai Fanny. Misssiss Grace m'a servie depuis de femme-de-chambre. Sa tristesse, qu'elle s'efforce pourtant de surmonter, est un reproche continuel. M. Henley m'a paru surpris de tous ces grands mouvemens. Il n'a pas trop compris pourquoi j'ai si vîte renvoyé ma femme - de - chambre. Il trouve que le Fermier père a très-bien fait de s'opposer au mariage de son fils. » Ces femmes, accoutumées à la ville,

dit-il, » ne prennent jamais racine à
» la campagne, & n'y font bonnes à
» rien : mais il croit qu'on auroit pu
» faire entendre raifon au fils, & que
» j'aurois bien pu garder Fanny ; qu'ils
» fe feroient même détachés l'un de
» l'autre en continuant à fe voir, au
» lieu qu'à préfent l'imagination du
» jeune homme voudra prolonger la
» chimère de l'amour, & qu'il fe fera
» peut-être un point d'honneur de ref-
» ter fidèle à fa maîtreffe perfécutée. »
Il en arrivera ce qu'il plaira à Dieu ;
mais j'ai fait ce que je croyois devoir
faire, & me fuis épargnée des fcènes
qui auroient altéré ma fanté & achevé
de changer mon humeur. Il y a quinze
jours que Fanny eft partie. Miladi * * *
la gardera jufqu'à-ce qu'elle ait pu la
placer. Sa fœur arrive ce foir. Elle n'a
été à Londres que le tems qu'il falloit
pour apprendre à coëffer, & elle a paffé

depuis près d'un an dans ſon village.
Elle n'eſt point jolie , & je ferai bien
enſorte qu'elle ne ſoit pas élégante.
Adieu , ma très-chère amie.

P. S. Ma Lettre n'a pu partir l'autre
jour : voyant que j'allois la cacheter ,
on m'avertit qu'il étoit trop tard.

La ſœur de Fanny eſt mal-propre ,
mal-adroite, pareſſeuſe & impertinente ;
je ne pourrai la garder. M. Henley ne
ceſſe de me dire que j'ai eu tort de renvoyer une fille que j'aimois , qui me
ſervoit bien , & à qui on ne pouvoit
rien reprocher. « Je n'aurois pas dû
» prendre à la lettre, dit - il, ce que
» l'emportement faiſoit dire à John Tur-
» ner ; témoin la folle idée d'envoyer
» aux Indes un garçon qui ne ſait pas
» écrire ». Il eſt étonné que nous autres

gens paſſionnés ſoyons les dupes des ſaillies & des exagérations les uns des autres. Nous devrions ſavoir, à ſon avis, combien il y a à rabattre de ce que la paſſion nous fait imaginer & dire : «J'ai » pris, dit-il, un procédé qui me coû- » toit pour un procédé généreux, ſans » penſer que ce qui m'étoit déſavanta- » geux n'étoit pas pour cela avantageux » aux autres. Il auroit mieux valu ne » pas mener ici cette fille avec moi. Il » croit me l'avoir inſinué dans le tems; » mais puiſqu'elle y étoit, puiſqu'elle » n'étoit point coupable, il falloit la » garder ». Auroit-il raiſon ? ma chère amie. Aurois-je eu encore tort, toujours tort, tort en tout ? Non, je ne veux pas le croire ; il étoit naturel que je gardaſſe Fanny en me mariant. Je n'ai point compris l'inſinuation de M. Henley.

J'ignorois qu'il fût difficile de s'ac- coutumer à vivre à la campagne ; j'y venois bien vivre moi-même. Fanny pouvoit plaire à un habitant de la campagne ; elle pouvoit l'époufer ; elle eft douce & aimable. Je ne favois point que ce feroit un chagrin pour fa famille & un malheur pour lui. Je n'ai point eu tort de la renvoyer : je ne devois me faire ni fon geolier, ni fa complice en refufant les vifites du jeune homme, ou en les favorifant. Je ne devois prendre fur moi ni leurs chagrins ni leurs fautes. Avec le temps, fi elle oublie fon amant, s'il fe marie ou s'éloigne, je pourrai la reprendre ; mon deffein n'eft pas de l'abandonner jamais.

Je crois pourtant bien m'être trop précipitée. J'aurois pu attendre un jour ou deux, confulter M. Henley, la confulter elle-même, voir ce qu'on pouvoit efpérer de fon courage & du refpect du jeune homme pour fon père. J'ai trop fuivi l'impétuofité de mon humeur.

J'ai trop redouté le spectacle de l'amour malheureux & de l'amour-propre humilié. Dieu garde Fanny d'infortune, & moi de repentir.

J'écrirai encore à ma tante, & je lui recommanderai encore Fanny.

QUATRIEME LETTRE.

JE vous entretiens, ma chère amie, de choses bien peu intéressantes, & avec une longueur, un détail ! —————— Mais c'est comme cela qu'elles sont dans ma tête ; & je croirois ne vous rien dire, si je ne vous disois pas tout. Ce sont de petites choses qui m'affligent ou m'impatientent, & me font avoir tort. Ecoutez donc encore un tas de petites choses.

Il y a trois semaines qu'on donna un bal à Guilford. M. Henley étoit un des souscrivans. Une parente de M. Henley, qui a là une maison, nous avoit prié d'aller chez elle dès la veille, & d'y mener l'enfant. Nous y allâmes ; je portai les habits que je voulois mettre, une robe que j'avois mife à un bal à Londres il y a dix-huit mois; un chapeau, des plumes & des fleurs, que ma tante & Fanny avoient choifies exprès pour cette fête, & que j'avois reçues deux jours auparavant. Je ne les avois vues qu'au moment de les mettre, n'ayant pas ouvert la caiffe. J'en fus très-contente; je me trouvai fort bien quand je fus habillée, & je mis du rouge comme prefque toutes les femmes en mettent. Une heure avant le bal, M. Henley arriva de Hollowpark. *Vous êtes très-bien, Madame,* me dit-il, *parce que vous ne fauriez être mal; mais je vous trouve cent fois mieux dans vos habits les plus fimples qu'avec toute cette grande parure. Il me femble d'ailleurs qu'une femme de vingt-fix ans ne doit pas être habillée comme une fille de quinze, ni une femme comme il faut comme une comédienne.........*

Les

Les larmes me vinrent aux yeux. —
Lady Alesford, lui répondis-je, en m'envoyant tout ceci n'a pas cru parer une fille de quinze ans, ni une comédienne ; mais ſa nièce votre femme dont elle ſait l'âge.... Mais, Monſieur, dites que cette parure vous fâche ou vous déplaît, que je vous ferois plaiſir de ne pas me montrer vêtue de cette manière, & je renoncerai auſſi-tôt au bal, & de bonne grace à ce que j'eſpère.

Ne pourroit-on pas, me dit-il, envoyer un homme à cheval chercher une autre robe, un autre chapeau ? — *Non*, lui dis-je, cela ne ſe peut pas ; j'ai ici ma femme-de-chambre, on ne trouveroit rien ; je n'ai rien de convenable ; je dérangerois abſolument mes cheveux.— *Eh* ! qu'importe ! dit en ſouriant M. Henley. — Il m'importe à moi, m'écriai-je vivement ; mais trouve*ʒ* bon que je n'aille pas au bal, dites que je vous obligerai, *je me trouverai heureuse de vous obliger.* — Et moitié dépit, moitié attendrissement, je me suis mise à pleurer tout de bon. — *Je suis fâché, Madame,* dit M. Henley, *que ceci vous affecte si fort. Je ne vous empêcherai pas d'aller au bal. Vous n'avez point vu en moi jusqu'ici un mari bien despotique. Je souhaite que la raison & la décence vous gouvernent, & non que vous cédiez à mes préventions ; puisque votre Tante a jugé cette parure convenable, il faut rester comme vous êtes.... mais, remettez votre rouge que vos larmes ont dérangé.* — J'ai souri, & je lui ai baisé la main avec un mouvement de joie. — *Je vois avec plaisir,* m'a-t-il dit, *que ma chère femme est aussi jeune que sa coëffure, & aussi légère que ses plumes.* — Je suis allée remettre du rouge. Il nous est venu du monde, & l'heure du bal venue, nous y sommes allés. En carroffe j'ai affecté de la gaieté, pour en donner à M. Henley & à moi-même. — Je n'ai pas réuffi. — Je ne favois fi j'avois bien ou mal fait. Je me déplaifois, j'étois mal à mon aife.

Nous étions dans la falle depuis un quart d'heure ; tous les yeux fe font tournés vers la porte, attirés par la plus noble figure, l'habillement le plus fimple, le plus élégant & le plus magnifique. On a demandé, chuchoté, & tout le monde a dit : « Lady » Bridgewater, femme du gouverneur » Bridgewater revenu des Indes & nou- » vellement fait Baronnet ». — Par-donnez ma foibleffe ; ce moment n'a pas été doux pour votre amie. Heureu-fement un autre objet de comparaifon s'eft préfenté : ma belle-fœur eft entrée avec un doigt de rouge ; c'étoit bien d'autres plumes que les miennes ! *Voyez!* ai-je dit à M. Henley. — *Elle n'eft pas ma femme*, a-t-il répondu. Il eft allé la prendre par la main pour la conduire à fa chaife. D'autres, ai-je penfé, auront la même indulgence pour moi ! Un fentiment de coquetterie s'eft gliffé dans mon cœur, & j'ai fecoué mon chagrin pour être plus aimable le refte de la nuit. J'avois une raifon pour ne pas danfer, que je ne veux pas encore vous dire.

Après la première contre-danfe, Lady Bridgewater eft venue fe placer auprès de moi. — *J'ai demandé qui vous étiez, Madame*, m'a-t-elle dit, avec toute la grace poffible; *& votre nom feul m'a fait votre connoiffance & prefque votre amie.* — *Il y auroit trop d'amour-propre à vous dire combien votre figure a de part à cette prévention ; fir John Bridgewater mon mari, qui m'a parlé fouvent de vous, m'ayant dit que je vous reffemblois.* Tant de douceur &

d'honnêteté m'ont gagnée : tout devoit augmenter ma jalousie, & cependant j'ai cessé d'en avoir. Elle a cédé à une douce sympathie. Il se peut bien en effet que Lady Bridgewater me ressemble ; mais elle est plus jeune que moi : elle est plus grande, elle a la taille plus mince : elle a de plus beaux cheveux : en un mot, elle a l'avantage dans toutes les choses sur lesquelles on ne peut se faire illusion, & quant aux autres je ne puis en avoir sur elle, car il n'est pas possible d'avoir plus de grace, ni un son de voix qui aille plus au cœur.

M. Henley étoit fort assidu auprès de Miss Clairville, jeune fille de cette Comté, très-fraîche, très-gaie, modeste cependant & point jolie. Pour moi je causai toute la nuit avec Lady Bridgewater & M. Mead son frère, qu'elle m'avoit présenté, & je fus, à tout prendre, très-contente des autres & de moi.

C 3

Je les invitai à me venir voir : Lady B. me témoigna un grand regret d'être obligée de quitter la Comté dès le lendemain pour retourner à Londres & rejoindre ensuite son mari en Yorkshire, où il follicitoit une élection. Pour M. Mead, il accepta mon invitation pour le furlendemain. Nous nous quittâmes le plus tard que nous pûmes.

J'allai me repofer pendant quelques heures chez la parente de M. Henley, & après le déjeûner, nous montâmes en carroffe, mon mari, fa fille & moi : la Bonne & ma femme - de - chambre étoient déjà parties. J'avois la tête remplie de Ladi B. ; & après avoir revu dans mon imagination fon agréable figure, & comme entendu de nouveau fes paroles & fes accens, *Avouez qu'elle eft charmante*, dis-je à M. Henley. *Qui ?* répondit-il. — *Eft-ce tout de bon*, lui dis - je, *que vous ne le*

favez pas ? — C'eſt apparemment Lady
B. de qui vous parlez ? Oui , elle
eſt bien , c'eſt une belle femme ; je
l'ai trouvée ſur - tout très - bien miſe.
Je ne puis pas dire qu'elle m'ait fait
une grande impreſſion. — Ah ! repris-
je , ſi de petits yeux bleus , des cheveux
roux & un air de païſanne ſont autant
de beautés , Miſs Clairville a certaine-
ment l'avantage ſur Lady B. ainſi que
ſur toutes les figures du même genre.
Pour moi ce qu'après Lady B. j'ai vu
de plus agréable au bal , c'eſt ſon frère ;
il m'a rappelé Mylord Alesford mon
premier amant , & je l'ai prié de venir
dîner demain avec nous. —— Heureuſement je ne ſuis pas jaloux , a dit en
ſouriant à demi M. Henley. — Heureuſement pour vous , ai-je repris , ce n'eſt
pas heureuſement pour moi ; car , ſi vous
étiez jaloux , je vous verrois au moins

ſentir quelque choſe ; je ſerois flattée ; je croirois vous être précieuſe ; je croirois que vous craignez de me perdre , que je vous plais encore ; que , du moins, vous penſez que je puis encore plaire. Oui ! ai-je ajouté, excitée à la fois par ma propre vivacité & par ſon ſang froid inaltérable , *les injuſtices d'un jaloux , les emportemens d'un brutal , ſeroient moins fâcheux que le flegme & l'aridité d'un ſage.* — *Vous me feriez croire ,* a dit M. Henley , *au goût des femmes Ruſſes qui veulent être battues. Mais , ma chère , ſuſpendez votre vivacité en faveur de cet enfant , & ne lui donnons pas l'exemple.* .... *Vous avez raiſon ,* me ſuis-je écriée. *Pardon, Monſieur ! pardon, cher enfant !* .... Je l'ai priſe ſur mes genoux ; je l'ai embraſſée ; j'ai mouillé ſon viſage de mes larmes. *Je vous donne un mauvais exemple ,* lui ai-je dit. *Je devrois vous tenir lieu de mère :*

je vous l'avois promis, & je n'ai aucun foin de vous, & je dis devant vous des chofes que vous êtes heureufe de ne pas bien entendre !

M. Henley n'a rien dit ; mais je ne doute pas qu'il ne fût touché. La petite fille eft reftée fur mes genoux , & m'a fait quelques careffes que je lui rendois au centuple , mais avec un fentiment encore plus douloureux que tendre. J'avois des repentirs amers ; je formois toutes fortes de projets ; je me promettois de devenir enfin fa mère : mais je voyois dans fes yeux , c'eft-à-dire , dans fon ame , l'impoffibilité de le devenir. Elle eft belle , elle n'eft point méchante , elle n'a pas l'efprit faux ; mais elle eft peu vive & peu fenfible. — Elle fera mon élève , mais elle ne fera pas mon enfant ; elle ne fe fouciera pas de l'être.

Nous arrivâmes. A ma prière le château de Henley fut invité pour le lendemain. Mifs Clairville s'y trouvoit ; elle vint. A table, je plaçai M. Mead entre elle & Lady Sara Mellvil, & la journée n'eut rien de fâcheux ni de remarquable. Le lendemain j'écrivis une lettre à M. Henley, dont je vous envoïe le brouillon avec toutes fes ratures. Il y a prefqu'autant de mots effacés que de mots laiffés, & vous ne lirez pas fans peine.

Monfieur,

Vous avez vu, j'efpère, avant hier combien j'étois honteufe de mon extravagante vivacité. Ne croyez pas que, dans cette occafion, ni dans aucune autre, le mérite de votre patience & de votre douceur m'ait échappé. Je puis vous affurer que mes intentions ont toujours été bonnes. Mais qu'eft-ce que des intentions quand l'effet n'y répond ja-

mais ? — Pour vous votre conduite eſt
telle que je n'y puis rien blâmer, quel-
qu'envie que j'en euſſe quelquefois pour
juſtifier la mienne. — Vous avez pourtant eu un tort ; vous m'avez fait trop
d'honneur en m'épouſant. Vous avez
cru , & qui ne l'auroit cru ! que , trou-
vant dans ſon mari tout ce qui peut
rendre un homme aimable eſt eſtimable,
& dans ſa ſituation tous les plaiſirs
honnêtes, l'opulence & la conſidération,
une femme raiſonnable ne pouvoit manquer d'être heureuſe : mais je ne ſuis
pas une femme raiſonnable ; vous &
moi l'avons vu trop tard. — Je ne réu-
nis pas les qualités qui nous auroient
rendu heureux , avec celles qui vous
ont paru agréables. — Vous auriez pu
trouver les unes & les autres chez mille
autres femmes. Vous ne demandiez pas
des talens brillans , puiſque vous vous
êtes contenté de moi, & aſſurément per-

sonne n'exige moins que vous des vertus difficiles. Je n'ai parlé aigrement de Miss Clairville, que parce que je sentois avec chagrin combien une fille comme elle vous auroit mieux convenu que moi. Accoutumée aux plaisirs de la campagne & à ses occupations, active, laborieuse, simple dans ses goûts, reconnoissante, gaie, heureuse, vous auroit-elle laissé vous souvenir de ce qui pouvoit lui manquer ? Miss Clairville seroit restée ici au milieu de ses parens, de ses premières habitudes. Elle n'auroit rien perdu, elle n'auroit fait que gagner… Mais c'est trop s'arrêter sur une chimère…… le passé ne peut se rappeler. — Parlons de l'avenir ; parlons sur-tout de votre fille. Tâchons d'arranger ma conduite de manière à réparer le plus grand de mes torts. En vous opposant dans les commencemens à ce que je voulois faire pour elle, vous n'avez rien fait que de juste & de raisonnable ; mais c'étoit blâmer tout ce qu'on avoit fait pour moi ; c'étoit dédaigner tout ce que je savois & tout ce que j'étois. — J'ai été humiliée & découragée ; j'ai manqué de souplesse, & d'une véritable bonne volonté. A l'avenir je veux faire mon devoir ; non d'après ma fantaisie, mais d'après votre jugement. Je ne vous demande pas de me tracer un plan ; je tâcherai de deviner vos idées pour m'y soumettre : mais si je devine mal ou si je m'y prends mal, faites-moi la grace, non de me blâmer simplement, mais de me dire ce que vous voudrez que je fasse à la place de ce que je fais. Sur ce point & sur tous les autres, je desire sincèrement de mériter votre approbation, de regagner ou gagner votre affection, & de diminuer dans votre cœur le regret d'un mauvais choix.

S. Henley.

J'ai porté ma lettre à M. Henley dans fon cabinet, & me fuis retirée. — Un quart d'heure après, il eſt venu me joindre dans le fallon. — *Me fuis-je plaint, Madame,* m'a-t-il dit en m'embraſſant, *ai-je parlé de Miſs Clairville, ai-je penſé à aucune Miſs Clairville ?* Dans ce moment fon père & fon frère font entrés ; j'ai caché mon émotion. Il m'a paru que pendant leur viſite M. Henley étoit plus prévenant, & me regardoit plus fouvent qu'à l'ordinaire ; c'étoit la meilleure manière de me répondre. Nous n'avons reparlé de rien. Depuis ce jour je me lève de meilleure heure ; je fais déjeûner Miſs Henley avec moi. Elle prend dans ma chambre une leçon d'écriture ; je lui en donne une de géographie, quelques élémens d'hiſtoire, quelques idées de religion.— Ah ! ſi je pouvois l'apprendre en l'enſeignant, ſi je pouvois m'en convaincre

& en remplir mon cœur ! que de défauts difparoîtroient ! que de vanités s'éva-nouïroient devant ces vérités fublimes dans leur objet, éternelles dans leur utilité !

Je ne vous parlerai pas de mes fuc-cès avec l'enfant. Il faut attendre & efpérer. Je ne vous parlerai pas non plus de tout ce que je fais pour me rendre la campagne intéreffante. Ce féjour eft comme fon maître, tout y eft trop bien ; il n'y a rien à changer, rien qui demande mon activité ni mes foins. Un vieux tilleul ôte à mes fe-nêtres une affez belle vue. J'ai fouhaité qu'on le coupât ; mais quand je l'ai vu de près, j'ai trouvé moi-même que ce feroit grand dommage. Ce dont je me trouve le mieux, c'eft de regarder, dans cette faifon brillante, les feuilles paroître & fe déployer, les fleurs s'é-panouïr, une foule d'infectes voler, marcher , courir en tout sens. Je ne me connois à rien , je n'approfondis rien ; mais je contemple & j'admire cet Univers si rempli, si animé. Je me perds dans ce vaste tout si étonnant, je ne dirai pas si sage , je suis trop ignorante : j'ignore les fins, je ne connois ni les moyens ni le but , je ne sais pas pourquoi tant de moucherons sont donnés à manger à cette vorace araignée ; mais je regarde, & des heures se passent sans que j'aie pensé à moi, ni à mes puériles chagrins.

CINQUIEME LETTRE.

JE n'en puis plus douter, ma très-chère amie, je fuis groffe ; je viens de l'écrire à ma tante, je l'ai priée de le dire à M. Henley, qui eft à Londres depuis quelques jours. Ma joie eft extrême ; je vais redoubler de foins auprès de Mifs Henley. Pendant plus d'un an je n'ai rien été pour elle ; depuis deux mois je fuis une médiocre mère, il ne faut pas devenir une belle-mère. Adieu. Vous n'en aurez pas davantage pour aujourd'hui.

SIXIEME LETTRE.

JE né me porte pas trop bien, ma chère amie. Je ne pourrai vous dire de ſuite ce que je voudrois vous dire. La tâche eſt longue & peu agréable. Je me repoſerai quand je ſerai fati-guée. — Il eſt égal que vous receviez ma lettre quelques ſemaines plutôt ou plus tard. Après celle-ci je n'en veux plus écrire du même genre. Un billet vous apprendra de loin en loin que votre amie vit encore juſqu'à ce qu'elle ne vive plus.

Ma ſituation eſt triſte, ou bien je ſuis un être ſans raiſon & ſans vertus.— Dans cette fâcheuſe alternative d'accu-ſer le ſort, que je ne puis changer, ou de m'accuſer & de me mépriſer moi-même ; de quelque côté que je me tourne, les tableaux qui se présentent à mon imagination, les détails dont ma mémoire est chargée abattent mon courage, rendent mon existence sombre & pénible. — A quoi bon faire revivre, par mes recits, des impressions douloureuses, & retracer des scènes qui ne peuvent être trop vîte ni trop profondément oubliées ? Pour la dernière fois vous verrez mon cœur ; après cela je m'interdis la plainte : il faut qu'il change ou ne s'ouvre plus.

Quand je me crus sûre d'être grosse, je le fis dire à M. Henley par ma tante. Il ne revint de Londres que huit jours après. Dans cet intervalle je n'avois cessé de me demander s'il falloit & si je voulois nourrir ou non mon enfant. — D'un côté j'étois effrayée par la fatigue, les soins continuels, les privations qu'il falloit s'imposer. — Le dirai-je ?

je l'étois aussi du tort que fait à la figure d'une femme la fonction de nourrice. D'un autre côté, je craignois comme une grande humiliation d'être regardée comme incapable & indigne de remplir ce devoir. Mais, me direz-vous, n'avez-vous donc que de l'amour-propre ? N'imaginiez-vous pas un extrême plaisir à être tout pour votre enfant, à vous l'attacher, à vous attacher à lui par tous les liens possibles ? Oui, sans doute, & c'étoit bien-là mon impression la plus constante ; mais quand on est seule, & qu'on pense toujours à la même chose, que ne pense-t-on pas ?

Je résolus d'en parler à M. Henley ; & ce ne fut pas sans peine que j'entamai la conversation. Je redoutois également qu'il approuvât mon dessein comme une chose nécessaire, qui alloit sans dire, sur laquelle j'étois coupable d'hésiter, & qu'il le rejettât comme une chofe abfurde & par des motifs humilians pour moi.

Je n'échappai ni à l'une ni à l'autre de ces peines. — A fon avis, rien au monde ne pouvoit difpenfer une mère du premier & du plus facré de fes devoirs, que le danger de nuire à fon enfant par un vice de tempérament ou des défauts de caractère, & il me dit que fon intention étoit de confulter le Docteur M. fon ami, pour favoir fi mon extrême vivacité & mes fréquentes impatiences devoient faire préférer une étrangère. De moi, de ma fanté, de mon plaifir, pas un mot : il n'étoit queftion que de cet enfant qui n'exiftoit pas encore. — Cette fois je ne conteftai point, je ne m'emportai point, je ne fus qu'attriftée ; mais je le fus fi profondément que ma fanté s'en reffentit. Quoi ! me difois-je, aucune de mes impreffions ne fera devinée ! aucun de mes fentimens ne fera partagé ! aucune peine ne me fera épargnée ! Tout ce que je fens eft donc abfurde, ou bien M. Henley eft infen- fible & dur. Je pafferai ma vie entière avec un mari à qui je n'infpire qu'une parfaite indifférence, & dont le cœur m'eft fermé ! Adieu la joie de ma grof- feffe ; adieu toute joie. Je tombai dans un profond abattement. Miftrifs Grace s'en apperçut la première, & en parla à M. Henley qui n'en imagina pas la caufe. Il crut que mon état me donnoit des appréhenfions , & me propofa d'engager ma tante à me venir voir. J'embraffai cette idée avec reconnoif- fance. Nous écrivîmes, & ma tante vint. — Demain, fi je le puis, je reprendrai la plume.

❈ ❈ ❈

JE ne parlai de rien à ma tante, & je cherchai moins des confolations dans ſa tendreſſe que de la diſtraction dans ſon entretien. L'attendriſſement me replongeoit dans le chagrin : pour en ſortir, il falloit ſortir de moi-même, m'étourdir, m'oublier, oublier ma ſituation.

Les intrigues de la Cour, les nouvelles de la ville, les liaiſons, les mariages, les places données, toutes les vanités, toutes les frivolités du beau monde me rendirent ma propre frivolité & une forte de gaieté : dangereux bienfait ! dont l'utilité ne fut que paſſagère, & qui me prépara de nouveaux chagrins.

Bientôt je ne penſai plus à mon fils ou à ma fille que comme à des prodiges de beauté, dont les brillans talens, cultivés par la plus étonnante éducation, exciteroient l'admiration de tout le pays ou même de l'Europe entière. — Ma fille, plus belle encore que Lady Bridgewater, choififfoit un mari parmi tout ce qu'il y avoit de plus grand dans le Royaume. Mon fils, s'il prenoit le parti des armes, devenoit un héros & commandoit des armées : s'il fe donnoit à la loi, c'étoit au moins Milord-Manf-field ou le Chancelier ; mais un Chancelier permanent dont le Roi & le peuple ne pourroient plus fe paffer.... A force d'avoir la tête remplie de ces extravagances, je ne pus m'empêcher d'en laiffer voir quelque chofe à M. Henley. Je riois pourtant de ma folie; car je n'étois pas tout-à-fait folle. — Un jour, moitié plaifantant, moitié raifonnant ou croyant raifonner, je déployois mes chimères.... Mais je me fuis fi fort agitée en me les retraçant, que je fuis obligée de pofer la plume.

Nous étions seuls, M. Henley me dit :
*Nos idées font bien différentes ; je defire
que mes filles foient élevées fimplement ;
qu'elles attirent peu les regards, & fon-
gent peu à les attirer ; qu'elles foient
modeftes, douces, raifonnables, femmes
complaifantes & mères vigilantes ; qu'elles fachent jouïr de l'opulence, mais
fur-tout qu'elles fachent s'en paffer ;
que leur pofition foit plus propre à leur
affurer des vertus qu'à leur donner du
relief : & fi l'on ne peut tout réunir,*
dit-il en me baifant la main, *je me
contenterai de la moitié des graces, des
agrémens & de la politeffe de Miftrifs
Henley.* — Quant à mon fils, un corps
robufte, une ame faine ; c'eft-à-dire,
exempte de vices & de foibleffes, la plus
ftricte probité qui fuppofe une extrême
modération ; voilà ce que je demande

à Dieu pour lui. Mais, *ma chère amie*,
dit-il, *puisque vous faites tant de ca*
de tout ce qui brille, je ne veux pa
que vous couriez le risque d'apprendr
par d'autres une chose qui s'est passé
il y a quelques jours. Dans le premie
moment, vous pourriez en être trop af
fectée, & trop montrer au public, pa
un premier mouvement de chagrin, qu
le mari & la femme n'ont pas une seul
ame entr'eux, ni une même façon d
penser & de sentir. On m'a offert un
place dans le Parlement, & une charg
à la Cour : on m'a fait entrevoir l
possibilité d'un titre pour moi, d'une
charge pour vous ; j'ai tout refusé.

Rien ne me paroîtroit plus naturel,
Monsieur, lui ai-je répondu en appuyant
mon visage sur ma main de peur que
mon émotion ne se trahît, & je parlois
lentement avec une voix que je m'ef-
forçois de rendre naturelle, *rien ne me*

paroîtroit plus naturel, ſi on avoit voulu acheter, par ces offres, un ſuffrage contraire à vos principes : mais vous approuvez les meſures du Miniſtère actuel? Oui, m'a-t-il répondu, je ſuis attaché au Roi, & j'approuve aujourd'hui ce que font les Miniſtres. Mais ſuis-je ſûr d'approuver ce qu'ils feront demain? eſt-il ſûr que ces Miniſtres reſteront en place? & riſquerai-je de me voir ôter, par une cabale, par mes égaux, une charge qui n'aura rien de commun avec un ſyſtême politique ? Repouſſé alors vers ce ſéjour qui m'a toujours été agréable, ne riſquerois-je pas de le trouver gâté, changé, parce que je ſerois changé moi-même, & que j'y porterois un amour-propre bleſſé, une ambition fruſtrée, des paſſions qui, juſqu'ici, me ſont étrangères? Je vous admire, Monſieur, lui ai-je dit, & en effet jamais je ne l'avois tant admiré;

plus il m'en coutoit, plus je l'admirois, jamais je n'avois vu si diftinctement fa fupériorité. *Je vous admire ; cependant l'utilité publique, le devoir de travailler pour fa patrie.... C'eft le prétexte des ambitieux, a-t-il interrompu ; mais le bien qu'on peut faire dans fa maifon, parmi fes voifins, fes amis, fes parens, eft beaucoup plus sûr & plus indifpenfable : fi je ne fais pas tout celui que je devrois faire, c'eft ma faute, & non celle de ma fituation. J'ai vécu trop de tems à Londres & dans les grandes villes du Continent. J'y ai perdu de vue les occupations & les intérêts des gens de la campagne. Je n'ai pas le talent de converfer & de m'inftruire avec eux, ni l'activité que je voudrois avoir. Je porterois mes défauts dans les charges publiques, & j'aurois, de plus, le tort de m'y être placé moi-même ; au lieu que la Providence m'a placé ici.*

*Je n'ai plus rien à vous répondre,
Monsieur*, lui ai-je dit ; *mais pourquoi
m'avez vous fait un secret de cette
affaire ?* — J'étois à Londres, m'a-t-il
répondu ; *il m'auroit été difficile de
vous détailler mes raisons dans une lettre. Si vous m'aviez opposé vos raisons
& vos goûts , vous ne m'auriez pas
ébranlé, & j'aurois eu le chagrin de vous
en faire un que je pouvois vous épar-
gner. Même aujourd'hui j'ai été fâché
d'avoir à vous en parler ; & si je n'avois
appris que la chose est devenue, pour
ainsi dire, publique, vous n'auriez jamais été informée de la proposition ni
du refus.*

Il y avoit un moment que M. Henley
ne parloit plus. J'ai voulu dire quelque
chose ; mais j'avois été si attentive,
j'étois tellement combattue entre l'es-
time que m'arrachoit tant de modération, de raison, de droiture dans mon

mari, & l'horreur de me voir fi étrangère à fes fentimens, fi fort exclue de
fes penfées, fi inutile, fi ifolée, que
je n'ai pu parler. Fatiguée de tant
d'efforts, ma tête s'eft embarraffée ; je
me fuis évanouïe. Les foins qu'on a
eus de moi ont prévenu les fuites que
cet accident pouvoit avoir ; cependant
je n'en, fuis pas encore bien remife.
Mon ame ni mon corps ne font dans
un état naturel. Je ne fuis qu'une
femme, je ne m'ôterai pas la vie, je
n'en aurai pas le courage ; fi je deviens
mère, je fouhaite de n'en avoir jamais
la volonté ; mais le chagrin tue auffi.
Dans un an, dans deux ans, vous
apprendrez, je l'efpère, que je fuis
raifonnable & heureufe, ou que je ne
fuis plus.

F I N.

Fautes à corriger.

Page 15, *ligne* 7. de ma préfentation , *ajoutez* à la Cour.

Page 16, *ligne* 1. je me vóyois errante , *lifez* errant.

Page 21 , *ligne* 2. d'une inconnue , *lifez* d'un inconnu.